JN117775

歌集

臥龍梅（がりゅうばい）

富田豊子

砂子屋書房

*目次

I

II

Ⅲ

装本・倉本　修

歌集　臥龍梅

I

時世の過客

藤蔓でくくりし萩の高枝に黄葉はじまる日本の秋

億光年点滅している星座たち見上げるわれも時世の過客

水の音する鍋田横穴古墳群壁の門番に恋人ありや

△紋は魔物除け〇紋は鏡とふ髪に霜置く翁は語る

足もとの枯葉のなかに紋様は櫟の葉脈、蛇の抜け殻

台地より湧き出してくる水壺には藻のはな白くふつふつと咲く

拓(ひら)かざる岩原前方後円墳　あばかぬことも人間の夢

遥かなる砂の大地が生んだ綿　糸に撚られず籠にふくれて

目と耳をふさぎ麦畑に飛び込んだ小一の春の空襲警報

夕ひかりさしくる方に寄りゆけば半月美（は）しき白銀の空

さくらさく命尽くしてさくら咲く十六回目の夫の命日

定型の底意に宿る埋火のごとき感情一語に晴るる

結界の丸石置きて音もなし遊びせんとやこの世の遊び

熊本大地震

未明よりつづく地震に足曳きて命はあれど逃げられませぬ

唱名は時空を越えて聞こえくる被災地熊本北の県(あがた)に

活断層の向かう先なる阿蘇山に噴煙あがるさへも恐るる

二度も来た震度7強天空の熊本城が崩壊をした

指伸ばし希望といふ文字書いてみる緑濃き山見える硝子に

「百年の孤独」の酒甕も倒れたる熊本地震　百年孤独

わが庭の樹木は被害まぬがれて血のいろ暗くもみぢ葉は立つ

洗濯もの四日分なる塊をコインランドリー震へ始動す

霧が出で霧が消えたる山裾に青きビニールシート広がる

白貌の霧の熊本　切り傷の痕のごとくに電線が立つ

エアコンも白きマスクをかけられし激震二か月後の病室

緑陰の山が見ゆる病室に帰心湧き来る雨の朝(あした)は

アドバルーン漂ふ下に今もまだビニールシートの青屋根の群れ

卵かけごはん

「一粒の麦になれよ」と言はれたる杳き日の蕗子先生寂しかりしか

雛罌粟の花のごときが浮きて見ゆわがX線泣くほど美し

網繕ふ老いたる漁夫よ波止に居て風のことばを聴いてゐるのか

豊饒の海山の辺に住み経りぬ蜜の幼時を源郷として

川水の逆らひのぼる上げ潮にじーんじーんと時は波立つ

漁火よ灯台の火よ漆黒の闇にしづかにまたたいてをり

噴煙は一万メートル越えといふ阿蘇山の灰かぜに流るる

一閑の炬燵をいまや机とし筆とることも秋の夜にして

生きてゆく孤独と自由ぞんぶんに味はひながら湯呑がひとつ

取り落とし湯呑が転げ割れました時代の恐怖の予言でせうか

忘れえぬ思ひのかけら翳りつつ原野を照らすスーパームーン

わらべらが乙女となりし歳月の春待つ夫の十七回忌

水まはりに蛞蝓ゐなくなりたると白菜一巻さきつつ思ふ

幾重にも連なる山の底に棲みこの一週間の卵かけごはん

風に吹かれて

黄葉の萩撓う庭をいでてゆく天文通り歩行器押して

歳月はかげろふのごと木洩れ日はあるがままなる髪膚を照らす

重なりてひた垂る絵馬に陽はさして運命とふがやさしく嗤ふ

千年の樹木に囲まれ濃森なす大宮神社の風に吹かれて

大宮の無限の闇よりほろほろと木の葉木菟の声清みて聞こゆる

蝶一頭砂地にとまり純白の翅ひろげたり死は近づくな

ゆく年や連綿と散る花八つ手きじ猫一匹過りてゆけり

運命の上に努力重ねるこれの世か酉年の賀状に倖祈る

空高く風に乗りゆくシャボン玉児童がひとり夕暮れに吹く

巨いなる雲の座布団敷きながら寒中ひかりて寒月わたる

泡雪となり

運命は神が決めるか新年の二の丸広場ゆ見る熊本城

天守閣・小天守・宇土櫓冬の青空に息づきてをり

酒林あをあをとして新しき春の訪れに原酒一献

寒昴みられぬままに大寒の海辺の家のドアを閉めたり

風花は泡雪となり門出づるわたくしの熱き命にも降る

彷徨へる赤鬼もをらむ節分の豆を打ちたる夕闇あたり

郵便夫走る荷の中しののめの天より来たる手紙はないか

川水は空のいろとも重なりて億年の波立てて逝くなり

円墳を車窓にながめ野を走るゆけどゆけども菜の花の道

壺にさす夜の椿の赤きはな蜜のしづくを机上に落とす

墨染の僧侶の読経聴きいるか孫子の揃いし十七回忌

春の夜七人でする人生ゲームかりそめなれど遊び疲るる

大岡信の「折々のうた」に載るわれの「遺骨の歌」も追憶の中

由布院

ペンは言葉を書きて伝へるものなれば野趣の歌たち誰がために書く

捨てて出でしふるさとなれど捨てられぬ海山の間かもめ翔ぶなり

冠毛の晶しき鷺が自らの影をついばむ春の潮に

鷺・鷗・干潟を走る潮まねき争うことなき河口を愛す

上げ潮の落暉に染まる河の口　生命体のゆき合うところ

厨房の窓より見ゆる八朔の残りの黄も薄暮にひとつ

林檎・トマト・君の哲学切込みて初夏の怪しきスープをつくる

由布岳は黄砂に烟りあしびきの「山開き」とぞ人ごみに聞く

絶景の見える露天湯まだはるか石畳の坂杖はふるへて

野あざみの原に飛びゐるベニシジミ人のあはれを知る由もなし

門ごとに黄薔薇ひらく華やぎの坂を軽荷の人力車来る

地にひかる天にひかるとまなこ冴え源氏蛍の光を追へり

二千年の台地の記憶忘れねば稲のみどりが雨に伸びたつ

青の露草

人の世のはづれにゐるやうな日は桔梗(きちかう)青き花を見つめて

ゆでたまご糸もて花を作りしは母性にめざめしぬくもりのころ

鳥となり俯瞰をすればさながらに街は小さな箱庭ならむ

草木を揺らして台風去りしのちレインブルーの空があかるむ

無数なる命がつなぐこれの世の青の露草杖つきて摘む

菊池川の源流さがし山中を迷ひしことも夫在りしころ

菊池川のひとつ源流の水の音ひとり聴きをり誰も乱すな

農夫らが心意気なるすずしさに千年ひかる時の水張田

爪立ちて枇杷の一房捥ぎてをり黄昏いろの哀しみのため

ひと夏の八つ手の葉裏に空蟬の付きたるままを壺に挿したり

鳥の思想

ひさびさに逢ひたる女系三代の夜闇に点す線香花火

昭和史に大戦はあり父のみの父喪ひし姉妹も老いて

戦没者三百十万のなかの父還らぬ闇に白雲浮かぶ

雨あがる敗戦の日の鄙の闇　祈りに上がる天空花火

柔らかな乳房あるゆゑ真実のわれでありたし蜩の鳴く

ガムテープ硝子戸に貼り台風を防がむとする詩情に遠く

花無音　二度も切られてなほ芽吹き紅萩ひたすら花咲かせたり

秋霊はいづこより来る庭隅のもみぢ一木緋色はげしき

晩秋の光のなかを翔びてゆく鳥の思想も北辺のもの

海辺の写真館

突然の義弟（おとうと）の死は信じえず時の沈黙に叫びもならず

わたつ海の沖の漁火瞬けば海恋ふ君の魂かとぞ見る

持ち船の有明丸に主はなく月を抱きて悲しみてをり

生も死も海山の間ふるさとの妹泣くな白鷗が翔ぶ

海の辺の小さな写真館もはやなく窓を開けば有明の海

枕辺に白菊一本みづみづと死者とわれとのこの世はしづか

遠浅をひたすら歩き去るやうに義弟身罷る晩秋の海

漕ぎいだす風もあらねば白き船波止の入江に柩のごとし

海恋の義弟だつた持ち船のありあけ丸に白波はたつ

寒風に庭のもみぢ葉震へをり赤色浄土、　黄色浄土

写真屋の君が手になる壁の額「パリの裏通り」「真実の口」

赤き杖つきて焼香するわれを写真屋義弟の遺影が笑ふ

妹よ泣かずに聞いて寡婦われの十八年の百夜語りを

明日のため大根、かぼちゃ、新玉葱くりやにころぶ生きのはかなさ

かもめ翔ぶ河口は白き冬の華海辺の写真館思ひ出してよ

鎮魂の詩たてまつる河内港の有明丸に陽炎はたつ

冬の扉

流木に陽のあたりたる涸沼より冬の扉は開かれてゆく

友人が教へてくれた掌（てのひら）の小さき黄の花耳かき草と

天皇退位来年となる元旦の大宮神社の玉砂利を踏む

天地に捧げて灯明点すころ夕霧白き炎を吐けり

遥かなる悲しみ抱きて漆黒の墨もて書くは今生の歌

落日の沈みしあたり有明海伸ばしたる手はさびしき岬

沖天の星座かがやくふるさとゆ「八十歳の同窓会」便り

「鶏一羽さげて逢ひに来た」ふるさとの嫗が語る戦前の恋

復興の百年桜の苗木贈る芳野小より阿蘇西小へ

木の讃歌、風の讃歌は爛漫の梅薄紅に鳥が来てゐる

ふと入りし鄙の食堂馬肉入り焼きカレー食ぶ旨か淋しか

朝霧に枝伸ばしたる桜木にふつふつと立つ黒き花芽が

詩聖の無事を

花吹雪く一つ目神社にひとり来て詩聖の無事をひたすら祈る

千年の切株朽ちし年輪に日本たんぽぽ一輪が咲く

椿垣　夕闇へだて咲く花の緋が匂ひたつ永遠のごとくに

風が置く淡雪ほどのはなびらの月下をあゆむ杖はつきつつ

鯱（しゃちほこ）が吊るされてゐる熊本城復興といふしづけさにあり

朝光の桜門より墨染めのポニーテールの女僧が来たり

布一枚肩にはおりて夕ぐれの風の塘ゆくわれは何者

亡弟の有明丸は錨下ろし水陽炎に光りてをらむ

水の光

漱石の峠の茶屋は雨のなか道はひたすら海へとつづく

結納を終へたる女孫　永久の愛育めとのみ密かに言はむ

青梅もいつか落ちゐる庭の隅　父に戦後の日々あらざりき

紙よりも薄き短歌を手のとどくティッシュの箱に書き付けてをり

朝霧に姑（はは）が摘み来し桑の葉の水の光の忘れがたしも

ひとり棲み鍵に付けたる組ひもの赤きは生きの目印とする

すもも剝く蜜のしたたり晩年の孤独は生を華やかにする

茫々と草木が囲む家にゐて風はときをり網戸を叩く

空蟬の眼窩するどきものひとつ壁に張りつき一年が経る

これの世でもはや会えざる蕗子氏の電話番号消せぬケータイ

妹もわれも夫なき盂蘭盆会蟬声ふとも途絶えし仏間

飛行雲

一つ身は若くはないが死んでない心みづみづ同窓会へ

傘寿までよくぞ生ききて同窓会一つ命に一束の薔薇

江田船山古墳を過ぎて五月野に立つ石人に「おはよう」と言ふ

二刀流の杖をつきたるわれを見てたぢろぐならむか憐れむならむか

空気まであをあをとした海の辺の鄙の館の階段のぼる

同窓生１４８、鬼籍45、出席36

腕伸ばし乾杯のグラス触るるせつな秘めたる想ひ色に出にけり

戦争で父を亡くした世代にて防空壕に月を見ていた

おむすびが最後にいでて締めとなる傘寿の宴塩かげん佳し

空青き海上にして銀鱗の飛行雲たつ帰路の方位に

秋の生（よ）の友

こぼしたる緑茶の海にひたひたと書きしばかりの手紙がおぼる

あと四月したら傘寿と粋がるもするめのやうな湿布も貼りて

月明に命かがやき金灯籠かぶり踊りし杳き日のこと

寄り添ひし「短歌と人生」いふなれば時間ばかりがわれを苛む

これの世に藻屑のやうに漂ひて生きてきたとは言はないけれど

水滴のあとの残りしコップ並べ無聊ひとりのわが秋澄めり

秋の風しろく流れて門口の銀木犀の花が目覚むる

梨をむく指にもれくる水の香のみづみづとして生死に遠し

廃校の写真に探すわが知らぬ若き教師の夫の像を

秋の陽は豊かなりけり墓石に枯れることなき石の花咲く

花つけぬ銀木犀も朱の実をつけし鷄の木も秋の生の友

II

寒九の水

墨匂ふ夜のしじまの大雪を短冊に書く「百年の歌」

ひとり来し冬の湖沼や蛇行する水に流離の雛が遊べり

からす瓜枯れて裸木に揺れてをり風葬なるを思ふさびしさ

はぐれたる太きどんぐり拾ひたり一山紅葉す時の久遠に

腰掛くるシルバーカーに蝶がきて赤トンボきてバッタ窺ふ

かいつぶり浮きて沈みし湖(うみ)の岸水陽炎がほのぼのと立つ

潮匂ふ横島干拓、路地をゆく行商の声ほそく流れて

飛来せし真鶴見えず丈低き踊子草の花が揺れをり

たちあがる冬湯の端(はた)の噴水が濡れて光りて時空を零す

錆色の萱のもみぢを見とどけて平成最後の草刈り頼む

一椀の寒九の水を飲みほして七草がゆの菜を揃へをり

定家の歌が

卓上のミカンを摑むてのひらにふるさとの山、海が香るも

南国に今年はじめての雪の華こころ濡らして森を濡らして

風誘ふ築地正子の森の樹が砧となるをわがひとつ持つ

亡夫のガウン安永蕗子のカーディガン寒中を着て何だかおかし

老いゆける身の何処にか灯りたる百人一首の定家の歌が

旅情——記憶の旅①

二千年のカウントダウン前にして灯(ともし)を落とすホテルのロビー

夫とともに過ごす最後の旅なると知らず空路を北京に来たり

教師にはならざりし吾と教師をば完職したる伴侶との旅

琥珀色に光はさせど年の瀬の人も街区も黄砂に烟る

十億の民住む国に赫々と河の怒濤の飛沫も浴びて

昭和なほ曳きずりてゐる胸の奥「戦争」といふ語に反応す

雨の日も自転車とともに身をおおふ中国製のカッパも買いつ

中国の旅より半年　検診に行きたるままに夫は入院

四十年目の結婚指輪と紅薔薇で祝ひし病室ふたり微笑む

淡雪の降るをふたりで窓に見て桜咲くころ夫は逝きたり

時は止まらず

二十年走らず下界にとどまれば青苔つきますニッサン・サニー

垣根にと田舎教師の夫が植ゑし肥後の椿は下向きて咲く

玻璃越しに音なく猫が過(よ)ぎる見ゆ春泥匂ふさくらの頃は

厨房に古米一合洗ひをる長く使ひし手の指白し

スリッパを揃へて迎ふ門の辺にさくら咲く夫の祥月命日

瞳孔を開いたままの眼科にて新元号を「令和」と知りぬ

納豆の糸ひくごとく韻律に惹かるれど摑めぬ詩型と知るや

太陽と大地のちから匂やかに令和の薔薇の一輪赤し

白藤の短き花ふさ風にゆれ蔓たくましく鉄柱を巻く

六月の空のひかりに開く窓足音もなく朝は来てゐる

男下駄

男下駄、黒革靴を二十年夫在りし日のまま玄関に置く

どくだみの白き時間に寄りゆけり花の十字架庭をおほひて

蠟の灯の消えゆく青き一滴を見とどけて夕べ仏前を立つ

夕空を切り裂くごときほととぎす何の遣ひか命にひびく

昭和より令和に生きてはや傘寿あめに菖蒲はひたにむらさき

白き硯もとめたりしは山形屋小さきものは穢さずにおく

橋のうえ逢ひたき人はなけれどもはるかに鳴れる天上の風

灯明を消さむとそよろ渋団扇あふぎてをれば盆が来てをり

鉄路なき山鹿盆地に棲み古りて峰に旅愁の一閃の雲

はみださむ墨字の額を懐かしむ石田比呂志は無頼にあらず

川沿ひの葦平夫妻の泊まりたる露天湯に浸かる晩秋山鹿

風の巡礼

一株の浦島草が花終えへて黒き種実をつけはじめたり

一命をさし出しねむる夜のベッド愁ひの貌を見る人もなし

朝十時仏僧が来る数珠を手に仏飯ふたつ匂やかに盛る

山法師赤き実つけし木のほとり呼んでないのに黄の蝶が来る

竹ちゃんと中村哲氏の文章にわが短歌並ぶを読みて哭きたり

白足袋が真日を浴びつつ揺れてをり二足歩行も夢ならずして

衿染みも実りの頃の思ひ出と久留米絣を着て出かけよう

緑陰の里山しづか遠からずみかんの花の香ふるさと覆ふ

精霊の祠ともなき祖母の墓　有明海の夕映えに遇う

冬の夜の沖の光れる漁火は山河の闇をなほ深くする

昭和より平成・令和ふるさとの海山讃歌、風の巡礼

花の白闇

如月は「私のやうな歌作るな」と言ひし蕗子の百年忌来る

黒髪に染めて束ねし如月のうなじ晒すも眉月笑ふ

紅梅の大樹匂へる子(ね)の年の西南西へ恵方巻食ぶ

川霧の往きに復りに橋わたるわが立春のリハビリ快調

哀しみの極まるごとく枇杷の葉はばさつと落ちて重なり乾く

壺満たすほどもなくひかる赤穂塩　今日の命をささへてくれよ

歌の魂(たま)入るる小函を作りたし思ひ出たちをいつぱいにして

愛されし記憶に夫が言ひ出した四十年目の結婚指輪

病む夫の指のサイズをはかりたる熊本岩田屋春の外商部

愛は照らす四十年目の結婚指輪　壺に深紅の薔薇が匂へり

わが庭の染井吉野の一枝を折り来ぬ覚悟の夫の枕辺

さくら咲く花の白闇　逝きし夫　結婚記念日二日目にして

「白岳」に「百年の孤独」「住吉」と時のはざまに酒奉る

一炊の夢のほとり

一炊の夢のほとりに時はいま老いを華やぐ庭の白桜

露草の青き花摘む縄文の女ともなるひとりの庭に

捨てられぬ歳月のなかベランダに亡夫の青きサンダル潜む

正直な花ですからとどくだみが庭の表に裏にと咲けり

厨房の窓辺に太る黄楊の樹を「南無阿弥陀仏」と庭師が伐れり

もう少しこの世の岸に居たいので干し椎茸を水にもどせり

身になじむジーンズはきて家ごもり網戸を透かし風薫りくる

生を彩る旅──記憶の旅②

歳月も戦死者も散る無人島　水漬く椰子の実踏まず慰霊す

森英恵の喪服着てきて父を恋ふ慰霊塔建つラバウルの丘

夫とゆく日系移民の叔母が棲む夏のアメリカ西海岸の旅

大戦で父を失ひアメリカのグランドキャニオン大自然をゆく

ペック、ヘップバーンの真実の口に真面目な夫と手をさし入るる

アルプスの雪原に立ち純白の雪摑みたり風摑みたり

年末列車の窓打つ雪炎　夫と最後の東北の旅

あの世とふ未踏にゆきし伴侶との人生の旅の慕情あれこれ

生きて負ふことのはの旅忘れねば生を彩る旅は切なし

匂ひたつ旅人岡井先生の辞世に置きし冬の花束

秋来の風

サングラスに素顔かくしてマスクして死に近づくはどぎやんもならん

墨液の香り豊かに書かむかな今年は早く蜩の鳴く

ゆき合ひの空に浮きたる雲の帯　あし踏みミシン二階にねむる

祖母の団子汁の味出せず秋来の風吹きはじむ九州全土

硝子戸に養生テープの米印施しわが家は築五十年

地つづきの娘の家に避難して眺めるわが家のなんと孤独か

夜の闇に赤き懐中電灯の魂魄のごと光をはなつ

台風去りてまたひとりなり草いきれはげしき庭に秋蝶の飛ぶ

白き庭守

たまはりし岡井ことばよ「お歌にも日々にもよき日のつづきますことを」

悠久の時の流れに稲穂垂れ生きて金秋の歳月に会ふ

落日の日産サニー走らざるまま二十年白き庭守

野をのぼる中秋の月見むとして厨房の窓全開に待つ

枇杷の葉の繁れる闇の明りては裸体が月の光を放つ

月輪はみどりをおびて一人居の名もなき者の心を照らす

天窓に垂る中秋の月の光　祈りにも似て匂ふごとしも

海の香の段々畑の「肥の明かり」河内みかんは一番旨い

岡井隆・安永蕗子・石田比呂志の歌額揃ひ秋の夜しづか

三体の短歌は自在、書体また個性華やぐ密なる居間に

墨滴の匂ひあらたに書かむかな墓石に刻む鄙歌ひとつ

秋色のさびしき町の芸術祭心づくしの三額運ぶ

冬の生活

いつの日か藍大島を着てゆかむ母はこの世の外だけれども

からたちの棘のある木の伐採を黙認したるコロナ禍の冬

二十年庭に留め置く日産サニー白く光れり洗車をされて

マグカップにコーヒー飲んでは本を読む土曜の午後の冬の生活

濃紺の蕗子のセーターこの冬も着ては変らぬ日常はあり

山並みの涅槃の容(かたち)眺めつつ年末最後のリハビリ三人

曇天の畦をゆく人見るからに老女がひとり私であつた

わが街の前方後円墳にいま初雪が降る匂ふごとふる

曾ばあちゃんになります

一号より九十九号まで草莽の「梁」がなだるる炬燵の上に

本の山越えて本を探し出す森に詩精を探すごとくに

武蔵野の岡井先生の最後のハガキ　凪ぐ草花のごとわれを励ます

花の紐つきし鍵置きみずからの文庫原稿年末に書く

栗御膳食べゐる席で教員の孫が告ぐ「赤ちゃんができたよ」

祝百号、伊藤先生ありがたう！　春は曾ばあちゃんになります

動くたびセンサー作動し月庭に詩（うた）ある人生晒されてをり

晩冬の風

落ちつくす今朝の枯葉がベランダの下駄の鼻緒を埋め尽くしたり

紅梅の古木が万の花をつけ昨日も今日も咲くはたのしき

夕景の御輿来海岸こんじきに三日月がたの砂紋は浮かぶ

臥龍梅の伸びたる幹の青苔を声なく鳥の啄みてをり

量感のせまる茜の雲を見て一人の夕べの格子戸閉ざす

有明の海の色した浅蜊貝いのち確かにいただきてをり

火の国の宮崎美子さんの母さんと筆文字学びし江津湖のほとり

飴市も植木市もなきシャッター街来民街道にあそぶ春風

一本の辛夷の花の輝きを目交にしてカーテン閉ぢる

志有生まる

弥生十日霞のごとき手を握り蕗子は逝けり十七日に

米寿にて二十八歳と言ひ放つ蕗子の原点今ならわかる

一夜さを大樹の下に眠るならさくらのことば聞こえてくるか

胎む孫を送るさくらの花の蔭この美しき刻を忘れず

生きて来し大樹の時間わが時間夕の桜の白くふくらむ

産み月の孫が来るので仏壇の花は花屋の紅霞草

菖蒲葉をわが髪に挿し胎内の曾孫を祝ふ端午の節句

雨の音聞きつつ偲ぶ追憶にいまだ色濃し岡井隆が

熊本の女系家族にたのしくも志宥といふ名の曾孫生まるる

紫陽花がなだれ咲きゐる花蔭に笛吹童子潜みてゐるか

バナナは斑の出でたる頃がうまかですコロナ禍のなか先づは一本

庭はいま新緑の海晩年の心身ひとつ溺れてゆくも

降る雨に光を放つ紫陽花に「行ってきます」と朝のリハビリ

III

晩年はくる

家のめぐり樹木に草の茂り合ひ夜は孤島のしづけさにあり

のびきりし秋萩みどり揺れてをり風に恋する草の手弱女

枇杷の木は丸太のごとく切られたりそれでいいのかそれでいいのよ

銀いろのはしごがのびる夏の空　天の階段のぼるは誰か

歳月の贈り物とし壁に掛く岡井隆の歌額ひとつ

父恋へば山、母恋へば海、伴侶を恋へば人生匂ふ

教職の夫と暮した四十年、夫失ひて四季二十年

盆踊り中止の街に流れくる「よへほー、よへほー」の風の盆歌

桜葉のいろもさびゆく夏落葉掃き寄せ掃き寄せ晩年はくる

曾孫を抱く

モナリザをルーブルで観た夫との記憶もいまや二十年前

「梁百号」発刊の日に生まれたる曾孫うるわし「志宥」と名付く

爪切りて曾孫を抱かむたのしさはひとり味はふ未知の体験

世界まだ黄昏のときソファにて生後七日の曾孫を抱く

太陽の判子押されしみどり児よ命たしかに紅葉手ひらく

森はいま詩の神とふを遊ばせてほととぎす鳴く夏の夕映え

今生の紺を深めた朝顔が隣家のフェンスを巻きはじめたり

海あらず鉄路なき街に棲みつきて赤き薔薇買ひ老境に入る

独り棲み二十年目の古家に生後ひと月の曾孫が来たり

睡蓮はねむれるやうに花閉ぢる岡井隆の逝きて一年

優しき目、鋭き目など偲びては幻影に視る軍服の父

大戦に父失ひし悲しさを友にも言はず老いてゆくなり

生も死もこの世のうちと庭はいま蟬声高き樹木の茂り

天草の光

ふるさとの塩屋の港通りすぎ海苔街道を車は走る

幾重もの入道雲の下をゆく宇土半島のまなかを通り

陸と海五橋をつなぐ天草の光と風を身には感じて

岡井さんの思い出満ちたる天草の海群青に心鎮まる

夕映えにみどりの諸島明るみて七名の旅コロナ禍の旅

天草の雲間にいでし満月は光の帯を黒波にひく

生あれば朱の十六夜の月光(かげ)を遥かに望む深草の家

ヴェネチアのワイングラスで梅酒飲む　孤独・孤愁もおきざりにして

夫逝きて二十年目の秋が来た曾孫生まれてはじめての秋

白帝に委ねる記憶失せぬうち秋袷着てどこにゆかうか

足もとに開く朝顔の紺の花ひとつ小さき日本の色

荒地野菊

桜木の枯渇の枝も踏みてゆく足弱りたる黄昏の坂

縄文の土器もねむれるこの街の古墳の森は濃き霧のなか

ゆくへ不明のゾルゲン鋏乱れたる雑誌のあはひにのぞく

家隆の〈桜花夢か…〉の書をかかぐ令和三年の芸術祭は

野の匂ひかすめていよよ胸にしむ荒地野菊が風に立つ庭

村なかにただ一つある交差点車の中から段畑見上ぐ

全山が蜜柑の色に匂ひたつふるさとの地に極月を来し

思ひ出は現実よりも優しくてこの世にゐない夫よ笑ふな

有明の夕焼けつれて帰りゆく尾崎蜜柑の土産もつれて

風に動く花と見をれば遠々にもくせい学園の園児らの帽子

ほととぎす紫ふかく咲く花よ厳しき一語われに与へよ

新年を待つ

去りてゆく夜をひとりの部屋にゐる墨の香匂ふ小筆をもちて

郵便夫呼びとめたのむ年賀状鄙の会話のあとさきにして

霜おきし師走最後のリハビリに車待つ間を山鳩の鳴く

仏壇は正月花で飾りたり松に南天・千両入れて

熊本屋の白いこぶりの鏡餅　床の間にするゑ新年を待つ

一人棲み淋しおかしき冬麗(うら)ら夫のガウンを着てペンを執る

大戦を知る

沈みゐる白米一合ひたひたと去年の残りの餅一つ入れ

泣き砂をペットボトルに今ももつ駱駝に乗りし旅もありしよ

一部屋を這ひ廻りゐし曾孫が椅子につかまり立ち上がりたり

野戦にて死にたる父の血を継ぎて桜木のごと生きると言はむ

桜木を植ゑたる夫は世にはなくあはれ恋しき二重のまぶた

老年は美しくあれと言ふ人よジーンズはきます紬も着ます

桑の葉に泣く蚕らを見て来たる大戦を知る世代のひとり

気丈なる祖母の言葉のさざ波が思ひ出さるる有明の海

蠟梅の花いつせいに「お帰り」と香を放つなりわが誕生日

臥龍梅

一輪車漕ぎ遊んでをりしをみなごはいつのまにやら母となりたり

一瞬の風に舞ひたつうす紅の臥龍梅より花びら流れ

晴天のニッサンサニー夫亡きに車庫も新たに鎮まりてをり

いちやう樹の大き俎板　厨房に美しきまま時は過ぎゆく

ラバウルの風に失せたるスカーフよ戦争は悪大いなる悪

十文字に古新聞をくりては心は早も明日へと向かう

追憶は壁の写真の冬の旅　大聖堂を斜めに入れて

臥龍梅のどうしようもない傾きを庭に眺めて時は過ぎゆく

坂東玉三郎

薄暑光　玉三郎の幟旗かぜになびきて街は華やぐ

海鳴りの音にはあらず耳鳴りの音がつづくよこの二、三年

「口上」は古き小屋よりはじまりて三十年の思い出披露

花の精玉三郎の「藤娘」藤の花ふさひかりに揺るる

午後五時の時報となつた「藤娘音頭」わが街を流るる

「今晩は！」玉三郎とすれ違う蛍乱舞の一つ目水源

蛍狩り

一歳の曾孫と歩く競争は傘寿過ぎたる夏の約束

曾孫は靴と靴下もちてくる外にでようといふことらしい

狛犬の阿・吽もいまや苔むして御幣の縄も黒ずみてをり

かそかなる生を育む鳥たちよ夕べ文月の空を翔びゆく

祖母のつくる豆腐のやうななつかしさ夫・子と過ごしし昭和の時代

万緑や傘寿過ぎてのほたる狩り鶯のこゑ豊かに響く

夫逝きて二十一年目の蛍狩りマスクの下は夕化粧して

湖は闇に沈みて茫々とひとつ光れり風の蛍火

夫隆政、岡井隆か点滅の蛍火追ひしふたつ眼(まなこ)は

今晩は！　玉三郎の愛したる一つ目さんにほたるとぶなり

南島に蛍の木あり点滅のほたる火ひかる慰霊の旅で

草の戸

草の戸に雛も飾らず過ぎてきて独り暮すも二十一年

慟哭は紅の辛夷の風の門　夫の柩の運ばれゆきし

はらはらと葉を落しゐる鷂の木の花冷えどきの風のいたづら

電柱の穂先に鳴くは黒鴉　青天瞬時制覇せしごと

三回目のワクチン打ちし雨の日が庭の染井吉野の開花日

黄昏の令和四年の桜花　はなの霊気をいただきてゐる

降る雨の桜花（はな）の烟（けむり）に歩き来て春鶯の初鳴き透る

県北にぼあん・ぼあんと山桜　夢追ひかけるやうに生きてゐる

竹林はある時伐られそのあとに即物的に家が建ちをり

ガラケイを後生大事に使つてる小鳥の声のアラームが鳴る

父の無念も

大戦に父を亡くした者なれば父の無念もひきずりて来し

亡き祖父の愛用のきせるはどこへいった遥か昭和の家の居間顕つ

「生きのびて短歌(うた)は詠みたし」それとなく言葉に出せば神は笑ふか

曾孫がほとほと歩くを孫が追ひそのあと緑のわが杖が追ふ

集落は白霧を抱き夜の明けの外輪山は青く神さぶ

阿蘇しぐれ去りたるあとの庭園に赤きつる薔薇雫を垂らす

一歳と八十三歳の夏の旅　青き涅槃の山は動かず

四回目のワクチン打つ日、エリザベス女王の死をテレビは告ぐる

追憶は父と歩きし城下町赤き鼻緒の下駄の音する

抜けられぬ路地のひとつに七軒の人が静かに花咲かせ棲む

鄙の家

ぽつかりと夫失ひて二十一年、山鹿聖地に秋の風吹く

くくられし本の山あり断捨離に手離すものに愛をこむるな

月光を二夜浴びたる本の山いづこの岸に運ばれてゆく

一本の心に緋ともす曼珠沙華　萱に埋もれて消えてしまひぬ

夕ぐれの光うすれてゆくまでを岡井隆の『阿婆世』読みたり

鉄柱と臥龍梅の間に銀色のくもの巣張りて季は移ろふ

黄の蝶のわれをかすめて翔びてゆく極月の庭幻影ならず

在りし日は四人居りしがもう今は一人の炬燵腰掛け炬燵

故郷

私はでんぐり返りが出来ませぬ子供の頃も老いたる今も

岬まで朝を歩きて有明の海上に見き棒状の虹

全村は蜜柑の花の香に匂ひ段々畑の夕映えに遇ふ

村里に幾久しくも人は住みオーシャンブルーの朝顔が咲く

二〇二〇年七月十日

岡井隆がこの世を去つた同時刻　故郷の地にバスを降りたり

手をあげて別れを惜しむ母は無し母胎のごとき故郷はあれど

有明の海上に顕つ蜃気楼いづれの国の宮殿なるか

海潮の河口に棲めば夜の窓に遠く光れる冬の漁火

水漏れ

聖樹の灯　手作りケーキに子と孫のもてなし受けて曾孫と笑ふ

風花に辛夷の裸木枝ごとに花をたくはへ震へてゐるも

新しき年のお札と取り換へて神仏混合日本の景

水漏れで断水のまま一人の七草粥がほのかに匂ふ

水漏れのメモを手にしてどうしよう独り棲みなる卯の年睦月

我とともに水道管も老いたるか動脈瘤のごとき疵もつ

命水ペットボトルに汲み来てくれし忘れられない三人（みたり）の他人

十年に一度の寒波雪は積み忘れてゐたるわが誕生日

温かい兎を抱いた感覚の蘇りくる七度目の卯年

団子汁

久々に銀杏の俎板出してをり粉は中力粉雪のごときを

麦粉延べ団子汁なるを作りをり祖母の思ひの手延べ団子汁

喉越しのレッドワインがうらうらと雪降る夜の胃の腑に落ちる

一つ身に湿感ありて目覚めたり時空華やぐ天上の雪

今は亡き友の名呼びて皿洗ふ土曜の昼餉の後も独り居

一村は桜の花の匂ひたつ中学時代の思ひ出のせて

久々に海の匂ひの母の家に一夜泊まれり花のふるさと

追憶

大戦の二年前に生まれたる豊子といふ名は父が付けたり

戦中の村の石段かけのぼり防空壕の闇も見て来し

わが街の「千人灯籠」の唄声もきこえずなりしコロナ禍の中

春の庭横切りてゆく黒白の猫がゆつたり背伸びなどして

築山の陰に咲きたる春蘭の花のみ摘みきて仏前飾る

追憶にはげまされては生きてをり風の音にも雨の音にも

一人棲み励ますごとく水無月の緑陰の風網戸にやさし

瓜ひとつ提げて来たりしヘルパーの志柿さんの頬リンゴの赤さ

六回目のコロナワクチン接種告ぐ共に生ききし桜大樹に

笹舟を流した遥けき日もありし雨の菊池川車に過ぎる

過去世より思ひ出達が来る夜は静かに聴かむ水無月の雨

杖たてて桜老樹を抱きたり夫と思ひて父と思ひて

雨あとの盆地の空の群青にもこもことして白雲生るる

待つ人も居らずば庭の紫陽花に「帰りました」とひと言告ぐる

詩友（うた）は夢幻のなかに生きてをり来世も逢はむ友達として

あとがき

太平洋戦争で父を失い生きてきた私に、第一歌集『漂鳥』、第二歌集『秋霊』、第三歌集『薊野』、第四歌集『火の国』、第五歌集『霧のチブサン』、現代短歌文庫『富田豊子歌集』は、人生に色どりをつけ生きてゆく勇気をくれました。

老いの領域にある自らの日々を思うとき、第六歌集刊行の思いになりました。

庭には桜の木はじめ数え切れないほどの樹木達が、のびるにまかせ空高く時の風貌を見せて立っています。

朝の光をうけ、夜闇の静寂のなか、庭木に囲まれての生活です。

地に低く傾く臥龍梅の大樹はほぼ庭の中央にあり、私と同じ長さの歳月を生きています。草を宿し、鳥を止まらせ、春にはうす紅色の八重の花を爛漫と咲かせます。第六歌集名は『臥龍梅』としました。歌は平成二十八年後の短歌結社「未来」と南の会「梁」から選びました。
私を三十五歳の時に歌の道へと誘ってくださいました安永蕗子先生、人生の後半に「お歌にも日々の生活にもよき日々がつづきますように」と励ましのことばを下さいました岡井隆先生に、心から感謝致します。

『臥龍梅』上梓にあたり。砂子屋書房の田村雅之様には出版を労をとっていただきました。厚くお礼を申し上げます。

また、このたびも倉本修様の心に韻く装幀を大変楽しみにしています。

歌の岸辺にたどりついたとは思いませんが、長く歌をつづけて来られたことに感謝申し上げます。

令和五年十二月四日

臥龍梅の見える場所で

富田豊子

著者略歴

富田豊子（とみた　とよこ）

一九三九年（昭和14年）　熊本県生まれ
　熊本県立第一高等学校を経て、熊本県立女子大学家政学科卒業
一九七四年　短歌結社「椎の木」に入会、安永蕗子に師事
一九七九年　現代短歌南の会「梁」に参加
一九八五年　「花粉症の猫」で第28回短歌研究新人賞候補になる
一九八六年　第３回県民文芸賞一席
二〇一〇年　「未来」短歌会に入会し、岡井隆選歌欄に歌を出す
二〇一九年　第47回熊本県芸術功労者顕彰
二〇〇八～　熊本県歌人協会理事

現代歌人協会会員

歌集　一九八七年『漂鳥』雁書館
　一九九六年『秋霊』砂子屋書房
　二〇〇四年『薊野』砂子屋書房
　二〇一〇年『火の国』ながらみ書房
　二〇一六年『霧のチブサン』角川書店／平成歌人双書
　二〇二一年『富田豊子歌集』砂子屋書房／現代短歌文庫

歌集　臥龍梅

二〇二四年二月一五日初版発行

著　者　富田豊子
熊本県山鹿市中六七四―二（〒八六一―〇五三一）

発行者　田村雅之

発行所　砂子屋書房
東京都千代田区内神田三―四―七（〒一〇一―〇〇四七）
電話　〇三―三二五六―四七〇八　振替　〇〇一三〇―二―九七六三一
URL http://www.sunagoya.com

組　版　はあどわあく

印　刷　長野印刷商工株式会社

製　本　渋谷文泉閣